ÉCOLE ALBERT-LE-GRAND

DIRIGÉE

PAR LES PP. DOMINICAINS DU TIERS-ORDRE-ENSEIGNANT

A ARCUEIL (SEINE).

ANNIVERSAIRE DU 25 MAI 1871

DISCOURS

DU T. R. P. CHOCARNE

Provincial des Frères-Prêcheurs de la province de France,

PRONONCÉ AU TOMBEAU DES VICTIMES

LE 25 MAI 1872

PARIS

ADRIEN LE CLERE ET Cie

ÉDITEURS DE N. S. P. LE PAPE ET DE L'ARCHEVÊCHÉ DE PARIS

Rue Cassette, 29

1872

ÉCOLE ALBERT-LE-GRAND

DIRIGÉE

PAR LES PP. DOMINICAINS DU TIERS-ORDRE-ENSEIGNANT

A ARCUEIL (Seine).

ANNIVERSAIRE DU 25 MAI 1871

DISCOURS

DU T. R. P. CHOCARNE

Provincial des Frères-Prêcheurs de la province de France,

PRONONCÉ AU TOMBEAU DES VICTIMES

LE 25 MAI 1872

PARIS

ADRIEN LE CLERE ET Cie

ÉDITEURS DE N. S. P. LE PAPE ET DE L'ARCHEVÊCHÉ DE PARIS

Rue Cassette, 29

1872

ANNIVERSAIRE DU 25 MAI

A L'ÉCOLE ALBERT-LE-GRAND

A ARCUEIL.

---

*Le samedi 25 mai 1872, a eu lieu, à l'École Albert-le-Grand, l'anniversaire de l'odieux massacre des Pères Dominicains et de leurs compagnons. C'est pour nous rendre au désir de tous ceux qui ont assisté à cette émouvante cérémonie, que nous en publions cette relation, extraite de l'*Année Dominicaine (*juin* 1872).

Solennité singulière! Est-ce une supplication ou un triomphe, une cérémonie funèbre ou bien la fête de l'héroïsme déjà couronné par Dieu et acclamé par les chrétiens? Les murs, trop étroits, de la modeste chapelle du collége sont couverts de tentures de deuil; mais, par une coïncidence que la Providence a ménagée, le prêtre ne peut aujourd'hui offrir la sainte victime que revêtu d'ornements rouges, et la chasuble que porte à l'autel le prieur de Paris est couverte des noms des fils de saint Dominique à qui l'Église décernait naguère les honneurs de la béatification et de la canonisation, parce qu'ils avaient, comme leurs' généreux descendants d'Arcueil, donné leur vie pour Dieu en Languedoc, en Hollande et au Japon. L'office divin se poursuit au milieu de chants qui rappellent tour à tour les fêtes les plus joyeuses et ces prières suppliantes que la liturgie catholique semble murmurer au cœur de Dieu en faveur des âmes parties de ce monde avec les restes de leurs anciennes fragilités. La fanfare de l'Ecole fait retentir l'air de mélodies lugubres; mais rien n'est lugubre sur les visages; les enfants du P. Captier sont fiers, ils escortent triomphalement l'étendard, maintenant ensanglanté, mais plus glorieux, qu'il leur a donné ; ses amis, ceux qui ont compris son œuvre et partagé sa vie, ceux qui lui avaient confié, avec l'avenir de leurs enfants, leurs plus chères sollicitudes, sont fiers aussi ; et si le regret de l'avoir perdu leur revient au cœur et leur arrache des larmes, on sent sur leur visage qu'ils comptent plus que jamais sur lui pour assurer et faire grandir cette œuvre, pour veiller sur ces enfants et ces jeunes gens qu'il a tant aimés.

Après la grand'messe, où la pensée de l'expiation avait presque complétement cédé la place au souvenir du Dieu de la force et de l'amour, qui achève en ses saints les vertus que sa grâce y a commencées, il fallut pourtant prier pour tous les morts. On se rendit processionnellement, à travers les allées du parc, à l'humble catacombe qui renferme les tombeaux des martyrs. Parents des élèves, anciens de Sorèze, d'Oullins, d'Arcueil et de Saint-Brieuc, amis de l'Ecole, partisans et patrons de la grande cause de l'enseignement catholique, prêtres, religieux, directeurs de grandes maisons d'éducation de Paris, précédaient les enfants du collége ; au milieu d'eux marchait le drapeau de l'Ecole, escorté par sa garde d'honneur, toute militaire. Non, ce n'était pas un cortége funèbre. Le soleil brillait ; les oiseaux chantaient sous les feuilles des arbres ; les cœurs et les visages étaient épanouis.

En avant de la grotte, on avait dressé une chaire couverte de voiles noirs. Après le chant du *De profundis*, le T. R. P. Chocarne, provincial de France, successeur du P. Lacordaire et ancien aumônier de Sorèze, y monta. La nombreuse et sympathique assistance se pressa autour de lui à travers les arbres, sur les gazons, dans les fourrés. On voulait entendre, mais voir aussi, pour participer plus pleinement à l'émotion et à la pensée de l'orateur. Puis, le discours achevé, le prieur de Paris chanta les dernières prières, et tous le suivirent dans l'intérieur de la crypte pour répandre encore, avec l'eau sainte, une prière et un souvenir sur la tombe des martyrs d'Arcueil.

DISCOURS

PRONONCÉ PAR LE T. R. P. CHOCARNE

AU SERVICE ANNIVERSAIRE DES MARTYRS D'ARCUEIL

———

Mes Révérends Pères, mes Frères,

Il y a un an, à pareil jour, ceux que nous nommions nos amis et nos frères, ceux que vous, Messieurs, vous appeliez vos maîtres, ceux qui seront connus désormais sous le nom de Martyrs d'Arcueil, religieux, professeurs laïques, serviteurs dévoués et fidèles, tombaient sous les balles dans l'avenue d'Italie, et mouraient simplement pour Dieu et pour la France.

Quels souvenirs, Messieurs! Et qui donc aurait la force de relire cette page fatale de notre histoire, s'il ne s'élevait de ces sanglantes hécatombes des enseignements, des rayons d'espérance, des voix qui nous crient: Courage! et nous rappellent que c'est le sang des martyrs qui sauve les peuples!

Oui, Messieurs, courage! S'il nous est permis de pleurer et de nous voiler le front au souvenir d'atrocités sans exemple,

n'oublions pas ce que nous devons de respect, de foi, de gra-
titude, de pieuse vénération au sacrifice sublime de nos frères,
à leur mort héroïque et sainte.

Ah! ce furent de terribles journées, une tragédie sans pa-
reille. Les troupes régulières venaient d'entrer dans Paris, de
franchir enfin ce mur d'enceinte qui avait défié l'assaut des
armées allemandes. Elles avançaient, mais lentement, arrê-
tées à chaque pas par de formidables ouvrages qu'il fallait
enlever de vive force. Les soldats de l'insurrection se repliaient
la rage au cœur, décidés à ne laisser que des ruines aux
mains des vainqueurs. Paris brûlait. D'immenses gerbes de
flamme et de fumée s'élevaient au-dessus de la grande cité,
et semblaient présager l'heure des suprêmes vengeances. L'in-
cendie, le pillage, le sang des victimes innocentes et pures,
voilà ce qu'il fallait à ces hommes exaspérés de leur défaite
et s'en prenant avec fureur à tous ceux qui représentaient
Dieu, l'ordre et la société.

Les 24, 25 et 26 mai eurent lieu les exécutions de la Ro-
quette, de l'avenue d'Italie et de la rue Haxo; dates funèbres
qui, en donnant la mesure de la haine aveugle et sauvage,
rappelleront aussi et surtout le courage héroïque et tranquille
des martyrs. Le mercredi, 24, c'était l'archevêque de Paris,
qui, entouré de ses vénérables prêtres et religieux, tombait
en bénissant ses bourreaux dans les fossés de sa prison. Le
vendredi, 26, c'était cette horrible boucherie de la rue Haxo,
qui mit en relief, au-dessus des types les plus hideux de
femmes, d'enfants et de massacreurs avinés, les visages ré-
signés, l'attitude noble et calme, la mansuétude des victimes.
Le jeudi, 25, ce furent les nôtres...

Chers et bien-aimés frères. vous fûtes dignes en tout de
ceux qui vous précédèrent et vous suivirent ; et Dieu, en vous

prédestinant à cette auréole qui surpasse toutes les autres, savait bien que vous étiez de cette génération forte, chrétienne et virile qui ne craint pas la mort.

A votre tête, vous aviez le P. Captier. Se pouvait-il une âme mieux trempée pour le martyre? Esprit élevé, cœur généreux, sa marque distinctive était la force. Ce qui frappait surtout en lui, entre tant de qualités éminentes, c'était l'empire, la supériorité, non celle qui s'impose, mais celle qui émane de la valeur intime d'une âme, ce rayonnement d'une pensée maîtresse d'elle-même, et d'une volonté qui n'hésite pas, qui va droit au but et n'admet pas d'obstacle. C'était vraiment un maître dans le sens noble, élevé et chrétien de ce mot. Dans cette âme, il n'y avait pas de place à la crainte, et lorsque le P. Captier entrevit le dessein des hommes qui le tenaient en leur pouvoir, il n'eut certainement ni hésitation ni peur.

Non, il ne trembla pas devant la mort. Mais est-ce à dire qu'il ne connut pas les regrets? Si c'était une âme forte, c'était aussi, (et qui donc le sait mieux que vous, jeunes gens?) c'était aussi une âme tendre, délicate et dévouée. Des regrets! oui, il en eut et de cruels! Dans la casemate du fort de Bicêtre, la tête cachée dans les plis de son manteau, il pensait à vous, ses chers élèves, ses amis, ses enfants, à vous qu'il aimait tant et qu'il ne reverrait plus en ce monde; et, comme vous pleurez en ce moment sur lui, lui aussi, votre père, votre maître et votre ami, il a pleuré sur vous. Il a pleuré sur sa chère maison d'Arcueil, qu'il avait fondée et dirigée en habile pilote au milieu des écueils, qu'il avait sauvée du naufrage à l'heure de l'épreuve, et à laquelle il laissait, dans sa mort et sans y penser, la plus grande des gloires, la gloire du martyre. Assurément il a offert pour elle, pour sa prospérité et son

avenir, sa vie et celle de ses frères. Qui ne voit aujourd'hui
que cette prière a été entendue ? Qui ne le voit, en présence de
ce collège debout et prospère au lendemain d'un aussi grand
désastre, en présence des anciennes sympathies restées fidèles
et généreuses, en présence des nouvelles dont le nombre
s'accroît chaque jour ? Oui, l'avenir de cette maison est assuré ;
il repose sur ce qui vaut mieux encore que la prudence et le
génie de l'homme, sur le sang des martyrs et la bénédiction
des amis de Dieu.

Après le P. Captier venait le P. Bourard. Il était l'un des
rares survivants, des premiers disciples et compagnons du
P. Lacordaire ; il datait du berceau de la restauration de
l'Ordre en France. Il fut choisi afin que, dans cette gloire
du martyre, les deux rameaux du même arbre fussent asso-
ciés, et que, comme ils avaient été ensemble à la peine, ensemble aussi ils fussent à l'honneur. Si quelqu'un avait dû
trouver grâce devant les bourreaux, c'était bien cette nature
aimable et toujours souriante, ce cœur excellent, ce Parisien
de naissance et d'esprit, qui n'aimait pas qu'on pensât ou
parlât mal des Parisiens, qui se flattait de les connaître et de
croire à leurs vertus ignorées... Cher Père Bourard, qui ca-
chiez sous les dehors d'un inaltérable sourire un cœur si
dévoué, une volonté si âpre au travail, une âme si profondé-
ment religieuse et austère, votre éloge funèbre n'est pas à
faire ; il est dans les larmes de tous ceux qui vous ont connu
et qui vous regretteront toujours.

Je ne dirai rien des autres, sinon qu'ils furent tous dignes
du choix que Dieu en avait fait pour ses témoins et ses martyrs. Comme l'écrivait le lendemain même du massacre un de
ceux qui, arrêté avec eux (1), fut leur compagnon jusqu'à la

(1) M. l'abbé Grancolas.

prison du 9ᵉ secteur, et échappa miraculeusement à la pluie de balles des fédérés : « Personne n'a eu peur. Tous ont fait noblement leur devoir et sont tombés en criant, les uns : Pour Dieu ! — les autres : Pour l'Église et pour la France ! »

Faut-il rappeler ce triste pèlerinage, ce chemin de croix lamentable et glorieux du collége d'Arcueil au fort de Bicêtre, de Bicêtre aux Gobelins, des Gobelins à la prison de l'avenue d'Italie? Faut-il rappeler l'attitude douloureuse et sympathique de la population d'Arcueil, qui connaissait les Pères et ne pouvait pas ne pas les aimer? Faut-il rappeler cette parole d'un accent si chrétien et si juste d'une femme du village : — « En voyant passer le cortége de ces saintes victimes entourées de gens armés, il me semblait voir Jésus-Christ conduit au supplice » ? — Faut-il redire aussi, après Arcueil et jusqu'à la dernière station, les injures, les outrages, les blasphèmes des gens qui les regardaient passer? Faut-il redire les profanations sacriléges et odieuses dont leurs corps furent l'objet après le massacre?

Mais enfin qu'avaient-ils donc fait ? Quel était leur crime et comment expliquer cet acharnement de haine et de fureur ?

Leur crime ? vous le connaissez. Ils apprenaient à des jeunes gens à aimer Dieu et la France. Ils avaient eu la sainte témérité de dire à des familles qui croyaient en eux : « Donnez-nous vos enfants; confiez-les-nous ; nous vous en ferons des chrétiens et des hommes. Car, voyez, nous les aimons, ces enfants que Dieu vous a donnés, nous les aimons presque autant que vous. Il y a longtemps, lorsque nous demandions à Dieu ce que nous pourrions faire de notre vie pour lui, une voix nous répondait, disant : Mets-la au service de l'enfance, aime-la, et n'aie d'autre ambition que de vivre et de mourir pour elle ! — Et la même voix qui nous parlait ainsi nous mit au cœur une telle affection pour ces jeunes âmes créées à l'image de Dieu et rachetées par son sang, que nous les reçûmes sans trembler des mains de leurs pères et de leurs mères, espérant bien les leur rendre un jour plus belles, plus fortes, plus aimées de Dieu et de ses anges.

Et puis, ils s'étaient dit encore, ces hommes, ces prêtres, ces grands coupables : Voyez où s'en va notre pauvre France, voyez ce qu'ils en ont fait ! Que sont devenus sa foi en sa mission providentielle, son caractère chevaleresque, sa générosité traditionnelle pour les causes faibles et opprimées ? Le scepticisme est en voie de tarir jusqu'à la dernière goutte cette source religieuse. Que sont devenues chez ces enfants la trempe et l'élévation du caractère, la délicatesse de l'honneur, la flamme du patriotisme lui-même ? L'argent, la jouissance, le culte des instincts égoïstes et grossiers sont en voie d'étouffer et d'éteindre toutes ces nobles étincelles, et de nous faire une France plate, efféminée, impuissante, à la merci du premier cosaque audacieux qui voudra la menacer de son sabre.

Voyons ! levons-nous et ranimons le feu sacré au cœur de cette jeune génération. Faisons des hommes qui aiment la France et soient prêts à se dévouer pour elle ; qui aiment son passé, son présent et son avenir : son passé, et qui sachent que depuis Tolbiac jusqu'à hier, elle fut toujours l'épée du Christ et le soldat de Dieu ; son présent, et qui n'apprennent de nous ni à la maudire comme une réprouvée, ni à la flatter comme la première des nations, mais à voir en elle le bien à côté du mal et à la servir avec amour ; son avenir, et qui apprennent de nous à croire et à espérer quand même, parce que Dieu a fait les nations guérissables, si elles le veulent, et que la désespérance est un crime et une trahison de l'homme contre sa patrie, comme elle est un crime et une trahison du chrétien contre Dieu.

Ils s'étaient dit cela. Ils avaient reçu ce programme de l'âme si religieuse et si patriotique de leur illustre fondateur, le P. Lacordaire, qui, lui aussi, avait commencé par faire avant d'enseigner, et avait abrégé ses jours au service de l'enfance.

Ils s'étaient mis à l'œuvre ; ils avaient commencé l'application de ce système d'éducation religieuse et française avec une telle ardeur et un tel succès que leur esprit s'est transmis à leurs frères et successeurs, que leur idée s'est pour ainsi dire incarnée dans les murs de ce collége, que leur âme y reste incrustée et vivante, et que, grâce à cette ineffaçable empreinte, Arcueil signifie désormais : une maison où l'on fait des chrétiens et des hommes, des enfants de l'Église et de la France.

Ce fut leur premier crime. Ils en avaient commis un second. Lorsque la guerre dispersa leur jeune famille, et fit le vide dans les cours du collége et dans leurs cœurs, au lieu de s'en aller, ils restèrent ; au lieu de fuir le danger, ils se firent frères hospitaliers et garde-malades. Ils allèrent sous les balles relever les blessés et les transporter dans leur maison changée en hôpital. Ils firent cela pendant les deux siéges que Paris eut à soutenir. Placés aux avant-postes, sur la ligne même des forts, ils restèrent fidèles à leur consigne de soldats perdus des ambulances, de grand'gardes de la charité.

C'est au milieu de ces soins donnés aux blessés de la Commune, et pour les en récompenser, que ces hommes dangereux furent saisis et conduits à la mort.

Il n'y eut ni interrogatoire ni accusation ni jugement. A

quoi bon? Le crime qu'on poursuivait en eux était trop fla-
grant : le crime de se dévouer quand on croit à Dieu.

Insensés ! Ils pensaient se débarrasser ainsi de Dieu et
de ses apôtres, et ils n'ont fait que des martyrs ! Ils avaient
oublié que ce sont les martyrs qui ont soumis le monde à
la loi du Christ ; ils ne savaient pas que, lorsqu'il veut sauver
un peuple, Dieu frappe et fait jaillir au cœur de ce peuple
la source féconde du sang qui rajeunit et régénère. S'ils pen-
sent nous avoir affaiblis ou intimidés, ils se trompent. Ils
peuvent recommencer demain, ils trouveront, et en plus grand
nombre, des prêtres et des religieux prêts à recevoir la mort
pour glorifier Dieu, apaiser sa justice et sauver la France.

Ah ! qu'ils sachent bien que dans ce duel à mort entre
la haine et l'amour, ils seront infailliblement vaincus ! Qu'ils
sachent bien que Celui au nom de qui nous parlons, nous
vivons, nous tombons, a triomphé de la mort le premier,
et qu'elle ne peut plus rien contre Lui ni contre nous. Pour
un apôtre qui meurt, une armée se lève et prend sa place.
Non, vous ne chasserez Dieu ni de nos cœurs ni de la
France : il faut en prendre votre parti, nous sommes les
fils de l'immortalité et de la vie, nous ne craignons rien des
fils de la négation et de la mort.

Nous allons bénir la crypte de nos chers martyrs. Nous
allons demander encore des prières pour eux, en attendant
que l'Église, seule juge en ces questions, nous permette de
leur en demander publiquement pour nous. Mais déjà nous
pouvons les honorer en promettant de rester fidèles à la devise de leur vie et de leur mort, et de garder inviolable
dans nos cœurs le double amour de la France meurtrie et
du Dieu qui la sauvera. L'heure présente est dure et amère,

et, s'il est des temps dont on a dit qu'il est plus difficile de discerner où est le devoir que de l'accomplir, il en est d'autres, et nous les connaissons, où il semble plus aisé et plus doux de mourir que de vivre. N'importe; nous vivrons. A l'exemple de nos saints amis, nous travaillerons, nous prierons, nous aimerons, nous garderons invincibles nos espérances et notre foi, et lorsque l'heure de la lutte sonnera, comme eux aussi nous saurons mourir, avec le même cri dans le cœur et sur les lèvres : « Pour Dieu et pour la France ! »

La chapelle de nos chers martyrs est simple et gracieuse. Au fond d'une petite grotte formée par des rochers artificiels et entourée de beaux arbres, on trouve une porte en fer, à jour, ornée de la croix de Genève, avec la palme du martyre brochant sur le tout. N'ont-ils pas été immolés dans l'exercice même de la charité, et par ceux auxquels ils prodiguaient leurs soins ? On lit également sur la porte cette devise, qui résume si bien la pensée de leur sacrifice :

MENTEM SANCTAM

SPONTANEAM

DEO HONOREM ET PATRIÆ

LIBERATIONEM

De chaque côté de la porte se trouvent deux tables de marbre noir, sur lesquelles on a gravé en lettres d'or les inscriptions suivantes :

A droite :

†

ICI

ATTENDENT LA BIENHEUREUSE ÉTERNITÉ
LES CORPS LACÉRÉS DES RÉVÉRENDS PÈRES

FR. LOUIS-RAPHAEL CAPTIER, PRÊTRE, PREMIER ASSISTANT
DU TIERS-ORDRE-ENSEIGNANT DE SAINT-DOMINIQUE,
FONDATEUR ET PRIEUR DE CETTE ÉCOLE D'ARCUEIL.

FR. THOMAS BOURARD, PRÊTRE, PROFÈS DE L'ORDRE DES FR. PRÊCHEURS,
LECTEUR EN THÉOLOGIE, AUMÔNIER DE L'ÉCOLE.

FR. CONSTANT DELHORME, PRÊTRE, PROFÈS DU T.-O.-ENSEIGNANT
DE SAINT-DOMINIQUE, RÉGENT DES ÉTUDES.

FR. HENRI COTRAULT, PRÊTRE, PROFÈS DU T.-O.-ENSEIGNANT
DE SAINT-DOMINIQUE, PROCUREUR.

FR. PIE-MARIE CHATAGNERET, SOUS-DIACRE, PROFÈS
DU T.-O.-ENSEIGNANT DE SAINT-DOMINIQUE, PROFESSEUR,

AVEC CEUX DE MESSIEURS
LOUIS GAUQUELIN, FRANÇOIS VOLAND,
MAITRES AUXILIAIRES,

ET CEUX DE MESSIEURS
AIMÉ GROS, ANTOINE MARCE, THÉODORE CATHALA.
FRANÇOIS DINTROZ ET JOSEPH CHEMINAL,
SERVITEURS DE LA MÊME
ÉCOLE ALBERT-LE-GRAND,
A ARCUEIL.

A gauche :

†

CEUX QUI REPOSENT EN CE LIEU
SE SONT DÉVOUÉS JUSQU'A LA FIN,
AU PÉRIL DE LEUR VIE,
AU SOULAGEMENT DES VICTIMES
DU PREMIER ET DU SECOND SIÉGE DE PARIS,
APRÈS QUOI ILS ONT ÉTÉ ARRÈTÉS,
LE 19 MAI 1871,
PAR CEUX MÊMES QUI AVAIENT REÇU LEURS SOINS,
EMPRISONNÉS PENDANT SIX JOURS,
ET SOUMIS A TOUTES SORTES DE PRIVATIONS
SANS QU'AUCUNE FAUTE LEUR FUT REPROCHÉE.
ILS ONT ÉTÉ MASSACRÉS
A L'AVENUE D'ITALIE, LE 25 MAI 1871,
PAR ORDRE DE LA COMMUNE DE PARIS,
EN HAINE
DE LA RELIGION CATHOLIQUE.

†

DIEU PRENNE EN PITIÉ
LEURS MEURTRIERS.

†

On entre dans une seconde grotte, en rotonde, éclairée par la voûte. Un riche dallage de marbre de diverses couleurs, un bel autel, également en marbre, sur lequel on a gravé le dernier cri du P. Captier : « *Allons, mes amis, pour le bon Dieu !* » la voûte ornée de caissons et des noms des martyrs enlacés par des palmes, sur la frise à droite et à gauche de l'autel, ces inscriptions :

CORPORA IPSORUM IN PACE SEPULTA SUNT
ET NOMEN EORUM VIVIT
IN GENERATIONEM ET GENERATIONEM. (*Ec.* XLIV. 14)

ILLI VIRI MISERICORDIÆ SUNT QUORUM
PIETATES NON DEFUERUNT
CUM SEMINE EORUM PERMANENT BONA. (*Ec.* XLIV. 10.)

Telle est cette chapelle, modeste, pieuse, recueillie, où l'on respire à la fois le parfum de l'héroïsme et le parfum de la vénération, dont le souvenir des nobles victimes restera à jamais embaumé.

PARIS. — IMPRIMERIE JULES LE CLERE, RUE CASSETTE, 29.

366

www.ingramcontent.com/pod-product-compliance
Lightning Source LLC
Chambersburg PA
CBHW061419170626
46811CB00005B/2048